징검돌

징검돌

초판 1쇄   2014년 12월 2일
지은이   이양순
펴낸이   김영재
펴낸곳   책만드는집

주소   서울 마포구 양화로3길 99 4층 (121-887)
전화   3142-1585·6
팩스   336-8908
전자우편   chaekjip@naver.com
출판등록   1994년 1월 13일 제10-927호
ⓒ 이양순, 2014

* 본 도서는 2014년 한국문화예술위원회, 부산광역시, 부산문화재단의
  사업비 지원을 받았습니다.

한국문학예술위원회   부산광역시   부산문화재단
Arts Council Korea   BUSAN METROPOLITAN CITY   BUSAN CULTURAL FOUNDATION

ISBN   978-89-7944-503-9 (04810)
ISBN   978-89-7944-354-7 (세트)

책 만 드 는 집　시 인 선 0 6 2

징검돌

이양순 시집

책만드는집

나는 시조라는 별을 따러
밤뜰에 이제 막 발을 들여놓았다.
하늘에는 큰 별 작은 별
무수히 명멸하지만
망태기에 주워 담은 건
반짝이지 않는 흑성黑星뿐이라 부끄럽다.
갈고닦아 빛나는 별 몇 캐고 싶다.

—2014년 11월

이양순

| 차례 |

2부   목수 요셉의 꿈

3부   산사

4부   징검돌

5부   봄·여름·가을·겨울의 시편

1부

이어도의 아침

이어도의 아침

이어도를 오고 가는 물새는 듣고 본다
탐라의 숨비소리 밀려오는 아침 바다
어부들 천년 소망所望이 해초처럼 무성하다

얼마나 드센 바람 휩쓸고 짓이겼는가
오성기며 승천기가 거품으로 가라앉고
망망한 수면 아래 누워 그리움의 등을 켠다

한사리 부푼 꿈이 격랑에 부대껴도
반도의 피붙이로 해양에서 숨을 쉬며
물기둥 내뿜는 고래로 달려오는 섬이여

산복도로에서

막다른 피난길을 판잣집 둘러두고
뱃고동 소리에 내달리던 긴 하루
고단한 세월을 베고 살아오신 어머니

자고 나면 자라나는 도심의 빼곡한 집
앙상한 노동자들이 비탈길을 내려간 자리
꽃나비 날아올 봄은 하마 어이 더디나

항구엔 어선들이 물새처럼 떠나는 밤
짐을 푼 어깨 위로 그믐달이 사위어도
나무는 이야기꽃을 가지마다 내민다

16

영월, 물나비

시공時空으로 휘인 강은 골 깊은 사초史草를 쓰고

인적 끊긴 산골 마을 쑥꾹새만 울음을 놓아

대궐 안 복사꽃 소식은 물나비로 부딪히고

그리움도 그을어 숯덩이로 타는 노을

두려움도 하나둘 여름밤 별에 새겨

내일은 바람꽃 언덕에 물나비로 오실 임

지렁이의 일기

번개가 내리치고 바람이 거세더니
소리쳐 울던 하늘 목청이 찢어지고
굵은 비 지붕을 뚫어 턱에까지 차올랐다

휘감는 급물살에 지축을 흔드는 진동
검붉은 흙덩이 속 단물만 들이켜던
귀먹고 눈도 먼 나는 갈 곳 모를 길에 서

행인의 거친 발길에 차이고 밟히어서
두 도막 으스러진 채 몸뚱이는 뒤트는데
땡볕은 쏟아져 내리고 흙바람이 덮쳤다

유등축제流燈祝祭*에 부쳐

소리 없는 물줄기는 진주성을 안아 돌고
눈가에 닿는 바람 세월을 넘어서니
들리는 임의 목소리 매운 향이 가득하다

유등에 실은 사연 남강 변에 닿으면
말없이 타는 촛불 잠든 풀도 일어서고
까만 밤 타오른 풍등風燈 촉석루가 밝아온다

치솟는 빛줄기가 하늘을 가르면
계사순의癸巳殉義** 칠만 꽃등 어둠 속에 피어나고
통한의 붉은 강물엔 응어리가 터져간다

* 계사순의 이후 순절한 7만 백성과 병사의 넋을 기리기 위해 남강에 유등
  을 띄운 데서 유래함.
** 진주대첩을 거둔 이듬해 1593년 6월 10만 왜군에 진주성을 점령당한 일.

궁남지宮南池[*]

얼음밭 진흙 속에

발 묻고 기다리면

솜씨 하나 눈을 떠

저리 환한 세상 둘레

선화와 백제 무왕이

숨어 사는 궁남지

연잎에 구르는

신새벽 맑은 이슬

한 겹 또 한 겹

그리움 벗겨내면

구름 밖 웃는 공주님

속진 위에 앉았다

* 부여에 있는 백제의 별궁 연못.

고목枯木

칼끝 겨눈 가난에도 둥지를 데워내고
우리 사랑 자아 올려 비행하던 어린 새여
안테나 하늘에 세우지만 신호음이 없구나

찬 기운만 밀려오는 이 시대時代 뒷방에는
가고 오는 철새들의 교신이 왁자한데
빈 가지 걸린 노을만 한 뼘 머물다 가네

이제 더 잎들에게 짐 지우기 싫은 시간
꽃잎 진 벼랑에는 적막한 어둠이 괴고
아무도 모르는 길을 향해 울음으로 선 나무여

손수건

뒤엉킨 빨랫감에

손수건 집어 드니

폭염에 격전 치른

늘어진 전사의 얼굴

당신의

하루치 역사가

저벅저벅 걸어온다

하단 장터

노을빛에 실려 온 까닭 모를 그리움은
허전한 가슴 한쪽 실금을 그어가고
발길이 몰려가는 곳 장터까지 걸어간다

질퍽한 시장 바닥 비릿한 생선 좌판
투박한 사투리 섞여 사람 냄새 피워내고
장거리 부대끼는 어깨 별 하나가 불을 켠다

강물 머금은 재첩의 하얀 미소
파 단도 머리 풀어 여기 잠시 누웠는데
흙 묻은 아낙들의 수다 그리운 이 따라온다

현해탄에 걸린 다리

현해탄엔 건너야 할 다리가 걸려 있다
흰옷 입은 원혼들이 전설로 떠올라
검푸른 역사의 풍차를 끊임없이 돌린다

해와 별은 젖은 세월 얼마나 닦았는가
통곡이 가라앉아 뻘밭으로 누운 바다
바닷새 훈풍을 타도 닻을 내린 연락선

물갈퀴로 박차 오른 아침 해가 길을 열고
일어서는 발톱들을 하나둘 지워가면
골 깊은 물이랑 위에 선 오작교도 건너리

2부

목수 요셉의 꿈

목수 요셉의 꿈

자욱한 시름으로 촛불을 켜는 저녁
결 따라 먹인 먹줄 말씀으로 되살아나
한 꺼풀 옹이 박힌 업죄를 벗겨가는 목수여

길은 어디 있는가 죄 없는 이 바라보며
성전聖殿의 둥근 기둥을 내리치는 손바닥엔
먼 훗날 가슴을 적실 뜨거운 피가 흐른다

톱밥 대팻밥에 묻어 있는 생명의 빛
고결한 숨소리가 당신 곁에 머물러
종소리 가득한 사랑이 온 누리에 퍼지고

품삯이야 김이 나는 식탁이면 넉넉하고
기도 소리 새는 창가 성가처럼 별이 내려
거룩한 날이 열고 저무는 환한 집을 짓는다

유월六月, 때죽나무 숲에서

여긴 아직 잠들지 못한
젊은 영웅의 성지

산바람 실어 온
때죽나무 꽃향기

물소리 잦아진 계곡
하얀 종소리 울린다

유월의 부신 햇살
수런대는 이파리

쓸쓸한 행인行人의
사위는 어깨 위에

영혼을 추모하는 경經소리
숲길 끝까지 경건하다

무심無心

솔바람이 길을 여는

영축산을 오른다

뒤따라 그림자도

뒤질세라 함께 오른다

찬불가 평조 한 소절에

그림자도 나도 지워진다

어머니 나라

내일은 오십하고 하나 더 먹는 날이다
생일 밥을 먹어야 덕이 따라온다며
식탁에 손님처럼 앉히고 밥상을 차리신다

찰기가 흐르는 밥 나물 반찬 다섯 가지
생선 굽고 잡채 버무려 윤을 내셨다
"아이고, 내 정신 봐라 미역국 끓여놓고"

큰상에 화룡점정으로 자리 잡은 국그릇에는
셀 수 없는 별들이 성좌를 그리고
동화 속 어머니 나라는 해가 지지 않는다

하구 둑에서

물길 따라 다문다문 마을 길은 열려 있고
길을 들면 주고받던 이웃들 정담이
흰 달빛 여울에 실려 찰랑거리는 강촌 마을

가던 길 돌아보면 포연에 묻힌 역사
울음이 강을 이뤄 물밀어 온 하구에는
세월이 주름을 태우며 한恨의 비늘을 세운다

어디로 가는가를 그대는 묻지 마라
시작과 끝이 모두 한 점으로 모여 앉아
떠난 자 떠나올 자를 위해 침잠하는 강이여

돌탑

저 많은 돌멩이를

누가 옮겨두었을까

낯설은 얼굴들이

어색한 만남에

담아둔

사연은 달라도

탑을 짓는 마음 하나

능소화

해쓱한 그 얼굴 담장 위로 내미니
그린 임 발자국 소리 자박자박 밀려오고
염천의 쟁글거리는 햇살 사랑마저 익어간다

내리치는 장대비 느긋하게 미소 짓고
호젓한 골목 안 멀고도 아련해
덩굴째 뻗는 그리움 빨갛게 불붙는다

한 줄기 건들바람 내 사랑 지고 말면
조각난 마음 하나 꽃잎에 꼬옥 싸서
황옥색 꽃술로 차매 달빛 서신 띄운다

어떤 저녁

일터의 문을 닫고 묶어둔 하루를 푼다
건너온 강물이 그림으로 앉은 시간
화폭에 일렁이는 바람 깃털처럼 날아간다

휘어진 길 돌아서면 나를 불러 세우는
나지막한 산세 발치 선승禪僧으로 앉은 손님
한 그루 솟은 적송에 단정학이 깃을 친다

어디쯤 걸어왔나 길을 향해 길을 묻고
어디쯤 가야 하나 별빛 총총 돋는 생각
생각을 태우고 나면 사리 한 알 남는 저녁

관계

손가락의 존재를

잊고 살았나 보다

종잇장에 베이고

비로소 나는 안다

통증은 내 몸의 일부로

각인시킨다 관계를

대보름을 보내며

곧추세운 장대 끝에 내일을 걸어두고
팔 두른 생솔 가지 마음끼리 기대서서
어느덧 기우는 해를 향해 두 손 가만 모은다

두들기는 꽹과리 소리 너울지어 퍼져갈 때
연화대에 오른 달집 순식간에 타오르고
너와 나 소망은 하나 어깨춤이 절로 인다

돌아가는 망우리도 열기가 차오르면
불빛은 동그랗게 밤하늘 다리 놓아
달님도 마음꽃 한 송이 불더미 속에 피운다

3부

산사

산사 山寺
-봄 뜰에서

동백꽃 벙그는 소리 문설주를 자분대니
묵언은 무리 지어 쪽빛으로 밀려오고
햇살은 꽃살을 찍어 법당 문이 환하다

저 산사 적멸궁은 불경처럼 차분하고
끌고 간 달빛 자락 아침이 묻어오니
연잎에 뭉그는 이슬 노승의 눈빛 흔들린다

하늘땅 이 미혹을 솔향기가 씻어 가니
추녀 끝에 매인 풍경 졸던 낮달 깨우고
불이문不二門 바람 벗하여 먼 바다로 떠난다

아다*

사위는 가을 해가 안쓰러운 저물 무렵
가을 소풍 청해보는 애틋한 며느리 맘
"아다아" 아버님 목소리 지는 햇살 걸린다

구르는 바람꽃에 나뭇잎은 파닥이고
구덕산 산빛조차 아홉 빛깔 선연한데
발자국 소리도 없이 그리 아득히 가시던가

하늘은 한 줄기 연기 당겨 길을 내고
귀엣말로 속삭이는 바람 따라 흘러가면
만장에 너울거리는 얼굴 지울 수가 없어라

* 남해 방언으로 "그러면 얼마나 좋을까?", "그런 일은 일어나지 않는다"
  라는 뜻.

개양귀비 핀 산골 마을에서

매전리梅田里 이정표가

산모롱이에 걸렸는데

매화는 보이지 않고

개양귀비만 수런댄다

산자락

휘감는 노을마저

어쩌라는 말인가

서운암

식솔食率이 많은가 보다
장독이 가득하다

돌을 쟁여 단 높이고
대쪽 엮어 담장 치니

산사의
범종 소리가
적막을 가른다

한가득 독에 들어
몸은 삭아 허물고

호올로 보낸 세월
모지라져 아파와도

산방의

맑은 향기는

봄볕 따라 흐른다

마일리지

카드가 지난 자리 쌓이는 마일리지

돈으로 여행으로 선물로 온다는데

태초의 조물주께서도 쌓으실까 우리 삶

적도의 햇살 아래 잘 익은 포도처럼

늦은 밤 깊은 사유思惟 용기와 축복으로

간절한 그날을 위해 돌려주실지 모를 일

구석은

마음이 얼음처럼 굳어오는 밤이 오면

막막한 슬픔마저 들키고 싶지 않은 날도

고단한 내 그림자와 나를 접어 안아준다

어둡고 깊을수록 온기는 피어나고

숨어서 바라보는 숨어서 돌아보는

바람벽 또 바람벽이 어깨 맞대고 반기는 곳

나의 벽^壁은

가로막는 벽이 아니다

그대 지친 어깰 안는

동아줄로 묶은 말도

소리 내어 울어도 좋을

커다란

침묵을 펼쳐

어둠까지 체질한다

이장 移葬

이십 년 유택 떠나 아버님 가신다
일가一家의 보금자리 주택 사업 탓으로
방어산 명당자리가 새 집이 되었다

차 한 잔 올리면 들려오는 목소리
"여자는 남편 그늘에 자식을 키우는 기다"
생전에 환하신 모습 구름 새로 보인다

채송화 방긋 웃던 유년의 꽃밭에
정情 따라 폴짝이던 빨간 새 운동화
화들짝 생각을 털자 산비둘기 날아간다

그대 생각

청도—

청도라기에

산 넘어

찾아오니

강줄기

여위어도

보리밭은

가을 같다

감꽃만

줍던 아이 생각

가마솥은

어디 있나

시우詩友

어제는 황악산에서 벗들이 찾아왔다

햇살로 다글다글 젖은 마음 말리고

까르륵 갈매기 웃음이 길 끝까지 따라왔다

여름 햇살로 담금질해 보내온 포도송이

닥종이 곱게 싼 그 마음이 달콤 알알

남풍이 북으로 불면 물새 울음도 보내야겠다

염전에서

흔들리는 바다 안고
염주를 꺼내 든다

비 오면 오는 대로
바람 불면 부는 대로

일어선 물너울 밀어
꽃밭 하나 일군다

해를 쫓아 휜 허리
별빛에 젖어 들고

썰물이 지난 자리
달빛 여무는 밤

세월을 건너온 숨결
소금꽃으로 하얗다

4부
징검돌

징검돌

하늘이 내려오고 비가 차오르던 밤
돌다리가 되라시던 선생님 생각난다
물고기 다가와 쉬고 깊은 수심 꿈꾸게

물 따라 바람 따라 흐르고 싶었는데
그냥 그 자리에 징검돌로 가라앉아
하루가 또 하루가 가니 그 말씀에 눈물 난다

만나고 떠나보낸 마음속 꽃 한 송이
기다리다 뒷모습 바라볼 그날 오면
밟히는 돌의 울음으로 깊어가는 여울이여

대흥동 이야기
-꽃 그림을 그리는 박석신 화가는

대전시 대흥동

재래시장 모텔 주차장

작업실 벽을 뚫고

햇살 아래 앉은 화가

파랑새

날아드는 숲

따뜻한 세상 꿈꾼다

도화지에 새긴 이야기

우는 아이 웃게 하고

눈가에 주름진

어느 중년 여인에겐

어머니

역사가 녹은

이름 그려 울린다

죽향竹香에 관한 생각

홍건히 고이는 이슬

달빛 흐르는 밤

길 위에 선 인간사人間事

발목 잡는 시어詩語들

대나무 향내 가득한

그런 시詩에 담고 싶다

내게로 시문詩文이

세상이 눈雪 속에 갇혀 막막하던 그날 밤

그윽한 눈빛으로 나를 찾아오시던 이

졸이다 기다림에 지쳐 멍이 살짝 드는 맘

군불도 방석도 없이 홀연히 앉아 계신

닿으면 피어날 듯 스치면 꽃이 될 듯

내 가슴 이팝 꽃송이 소복하게 피운다

종이꽃

화분 속 하이얀 꽃
내 이름 문패 걸었다

카카오톡 페이스북
스마트폰 노트 필기

꽃잎을 가시는 물기
추임새도 따라가고

즈믄 밤 돌로 눌러
사초에 불 밝히던

물살이 쓸어 가도
경전을 새기던 가슴

지금은, 변방에 앉아
마른바람만 담는다

교정校庭에서

댓잎에 뜨는 햇살 눈썹에 받쳐 이고
매끈한 등솔기 책장을 넘기는 손끝
자습실 아이들 모습이 죽순처럼 앉았다

어제는 비가 내려 대지를 흔들더니
맑은 달빛 한 자락 스란치마 쓸어 간 교정
대 끝에 걸린 별빛이 요란스레 빛나는 밤

담장 없는 성지는 고요한 탑을 짓고
죽피의 순연한 눈빛 결 고운 꿈의 무늬
이 한밤 티마저 쓸어 가니 열린 길이 향기롭다

시詩를 기다리던 밤 1

한동안

오더니만

뚜─욱

멈추고

이만치

다가와서

나를 잡아

보란다

하늘의

별빛마저도

뒷모습이

흐릿한 밤

.

시를 기다리던 밤 2

창문 밖

바람마저

길을 찾아

떠나고

어둠과

묵좌하면

고요가

고여온다

하나둘

불이 꺼지고

뜬눈으로

기다린다

빛과 거울

당신의 깊은 우물에 진주를 간직하고
빛이고 싶은 욕망 이름에 새겼다면
때로는 장난처럼 꺼내는 용기가 필요하리

하늘가 쪽빛 미소 싱그런 바람 일고
있는 대로 보여주는 거울을 만난다면
마주한 그의 동력으로 펌프질하는 사랑이여

깊고 짙은 하늘이 한층 더 가까운 날
오롯이 담아내어 보여줄 수 있다면
그래서 그리운 날엔 몰래 꺼내는 거울

죽순밭에서

시험 중인 교실에도 댓잎 소리 들려온다
펜 끝에 눌린 시간 바람으로 출렁이고
종소리 모서리까지 고인 침묵 부순다

뿌리는 몸을 묶어 틈 없이 껴안아도
물고기 유영하듯 잎눈은 빠져나오고
죽피에 얼굴을 가리고 꿈꾸는 죽순밭

이슬로 목 축이고 달빛에 발효하여
마디마디 매듭지어 대쪽으로 여무는 밤
잎 물결 헤치고 나간 뒤란 둥근달이 걸린다

5부
봄·여름·가을·겨울의 시편

봄 1
－매화나무

약속처럼 꽃망울이

터질 것 같은 날

땅끝은 겨우내

키를 키워 다가오고

겨울은

긴 기다림의

마침표를 찍는다

봄 2

물먹은
가지 끝에
그늘이 찾아들고

하이얀
실빗날
살바람에
묻어와도

촉촉한
앞산 그 눈빛
내 마음도
잠긴다

봄 3

햇살은

머리 위에

둥그랗게

원을 그리고

바위틈

졸던 개구리

나비 쫓아

달아나는데

꽃망울

터진 사이로

아지랑이

애끓는 봄

봄 4

보일 듯 말 듯

들릴 듯 말 듯

끝나지 않은 기다림

가슴은 설레는데

생각이

많아지는 밤

시詩가 나올 그런 밤

여름 1

온난 한랭전선 사이

오도카니 앉아

웃도 울도 못하고

비를 흠뻑 맞고 있다

주말엔

장마가 끝나고

불볕더위가 시작된다

여름 2

타인의 움직임에 땀 나는 계절이다

여름이 필요한 건 그늘 그리고 바람

챙 넓은 모자를 쓰고 의자 품에 안기어

키 큰 나무가 흔들어 이는 바람을

서로가 서로에게 보낼 수만 있다면

꿈꾼다 느슨한 여름 화양연화花樣年華 시간을

여름 3

한 사람

또 한 사람

산길을

열어가듯

바람이

내는 소리가

길을 내어

환하다

바람종

흔드는 오후

다가오는

먼 그대

여름 4

뜨거운 입김으로

묶어둔 긴 하루

벼락에 장대비가

외출 나온 세상

두려움

후쳐 보내고

생각에 젖는 밤

가을 1

어둠이 정맥처럼

퍼져가는 저녁에

귀뚜라미 울음 놓아

태양을 삼키는데

채찍은 노래를 감아

달을 건져 올린다

가을 2

바람이 시려오니

달밤은 서러웁고

미처 보지 못했던

미처 생각지 못했던

그리운

그대 안부가

의문부호 찍는 밤

가을 3
-일기예보

약한 비

박무薄霧라더니

폭우가

쏟아진다

정말로

다행이다

빗소리가

요란해서

고여서

넘치는 울음소리

꼭 안고

가는 날

가을 4

이렇게 갈바람이 불어오는 날에는

내 가슴 서랍 안쪽 접어둔 이야기

한 자락 풀어헤치어 그림으로 펴고 싶다

이렇게 갈바람이 불어 가는 날에는

내 가슴 서랍 안쪽 삐죽이 내민 이야기

그 사연 꼬깃꼬깃 접어 천년을 묵히고 싶어라

겨울 1
－나목裸木

깡마른 알몸이라고

죽었다 말하지 말라

찬란했던 기억들을

한 계절 내려두고

침묵에 귀 기울이는

잎눈들을 꿈꾸는 중

겨울 2

바람 부는 바닷가에

이렇게 홀로 서면

아득히 펄럭이는

그대 품에 다가가

접어둔

이야기책을

펼쳐보고 싶어라

뒤트는 그리움이

물 굽이쳐 등 때리고

덮치고 파고들어

마침내 터질 가슴

얼마를

더 아파야만

갈매 바람이 될까

겨울 3
-밤 항구

네온 빛 밤바다를

오색 깃발로 펄럭이면

아득한 그리움

끝없이 부서지고

배 한 척

가물거리며

한없이 떠간다

들꽃 이야기 1

아리도록

다가오는

눈빛이 있기에

빗방울

떨어내는

아쉬움도 있기에

꽃보다

어여쁜 풀빛

밀려오는 그리움

들꽃 이야기 2

비꽃*이

봄볕을 받아

뽀얗게

피어나고

간들거리는

가지 끝에

그늘이

걸리더니

후드득

듣는 빗방울

내 마음을

밟고 간다

들꽃 이야기 3

창틀에 자리 잡아

바람을 비켜 앉고

커튼을 끌어당겨

햇살을 가린다면

더 이상

말할 수 없다

"내 이름은 들꽃이다"

들꽃 이야기 4

찬 바람 마주 서도

넌출대며 웃음 짓고

뜨거운 햇살 부셔

붉은 저녁 꿈꾸는

나 이제

돌아가고 싶다

이슬 내리는 들판으로

들꽃 이야기 5

버그러진

가슴 사이

보르르

돋는 꽃눈

하늘도

깜짝 놀라

눈 깜빡이는

사이

해와 달

술래잡기에

초록으로

숨는다

들꽃 이야기 6

먼 우주

떠돌다

이제 들판에

눕는다

여문

생각들로

안으로만

채색하는데

사나흘

햇살이 간질여

사랑 노래

뿜는다

조요한 풍경과 마음을 담은 그리움의 서정

유성호 **문학평론가 · 한양대 교수**

1

    이양순 시인의 첫 시집 『징검돌』(책만드는집, 2014)은, 단아
함과 정갈함을 핵심 속성으로 하는 정형 미학의 한 극점을
보여주는 동시에, 그 안에 엷은 빛을 뿌리는 사물들의 풍경
과 지금은 사라져간 것들에 대한 가없는 애착의 마음을 담고
있다. 창작 연치年齒가 그다지 오래지는 않지만, 이양순의 시
세계 안에는 그야말로 오랜 시간의 결과 함께 그에 대한 그
리움의 서정이 원숙하게 숨 쉬고 있다. 그 점에서 이양순 시
조 미학은 전형적인 서정의 원리에 충실한 채, 읽는 이들에

게 전폭적인 공감과 동참을 부드럽게 요청하는 세계라 할 것이다. 첫 시집에 담길 법한 자신의 존재론적 기원에 대한 탐색, '시詩'를 깊이 사유하고 고백하는 일련의 과정, 가장 인상적인 풍경들을 감각적으로 담아내는 묘사의 적공積功 등이 이번 시집만이 가지는 높은 가독성과 친연성을 구성하고 있기 때문이다. 그래서 우리는 그녀의 시학이 비록 "시조라는 별을 따러 / 밤뜰에 이제 막 발을 들여놓"았지만 거듭 새롭게 "갈고닦아 빛나는 별 몇"(「시인의 말」)을 캐갈 것이라고 믿게 되는 것이다.

아닌 게 아니라 이양순 시인은 전통적 시작법 곧 시적 대상과의 동일성을 추구하는 전형적인 서정 양식의 모형을 우리에게 보여주면서, 확장된 실험보다는 안정된 시형 속에 자신의 생체험과 진솔한 정서를 담아내고 있다. 따라서 그녀는 자아와 세계 사이의 균열을 아파하면서도 결국에는 그것을 치유하면서 삶을 완성할 수 있다고 믿는 고전주의자라고 할 수 있다. 이번에 출간하는 그녀의 첫 시집은 이러한 세계를 압축해서 보여주는 미학적 실증으로서, 우리는 이번 시집을 통해 시인의 이 같은 생의 완성에 대한 미적 집착과 흔연히 만나게 된다. 그래서 이 시집은 중년의 생이 치르고 있는 심경心境을 담은 마음의 풍경첩이라고도 할 수 있을 것이다. 최

근 우리 시조 시단이 거둔 귀중한 결실 가운데 하나라고 할 수 있는 그 풍경 안으로 서서히 들어가 보자.

2

먼저 이양순 시학의 첫머리에는 오랜 시간의 적층積層이라고 할 수 있는 역사적 상상력과 함께, 자신의 가장 오랜 기원 origin에 대한 상상적 탐색 의지가 적극 묻어난다. 가령 "시공 時空으로 휘인 강은 골 깊은 사초史草를 쓰고"(「영월, 물나비」) 있다든지 "들리는 임의 목소리 매운 향이 가득하다"(「유등축 제流燈祝祭에 부쳐」)든지 "한 겹 또 한 겹 // 그리움 벗겨내면 // 구름 밖 웃는 공주님 // 속진 위에 앉았다"(「궁남지宮南池」)든 지 하는 화법 안에는, 이 땅 구석구석에서 일고 무너졌던 역사적 순간들을 섬세하게 잡아채면서 그 안에 깊은 쓸쓸함과 처연함과 그리움을 함께 저며 넣는 시인의 모습이 잘 투영되어 있다. 이양순 시편들의 스케일과 상상력의 진원지를 투명하게 알려주는 사례들이 아닐 수 없을 것이다. 그리고 이러한 역사적 상상력은, 구체적인 삶으로 구심적 회귀를 하는 동시에, 가장 깊은 기억 속에 남아 있는 시인 자신의 존재론적 기원에 대한 사유로도 이어진다.

막다른 피난길을 판잣집 둘러두고
뱃고동 소리에 내달리던 긴 하루
고단한 세월을 베고 살아오신 어머니

자고 나면 자라나는 도심의 빼곡한 집
앙상한 노동자들이 비탈길을 내려간 자리
꽃나비 날아올 봄은 하마 어이 더디나

항구엔 어선들이 물새처럼 떠나는 밤
짐을 푼 어깨 위로 그믐달이 사위어도
나무는 이야기꽃을 가지마다 내민다
　　　　　　　　　　　　　－「산복도로에서」 전문

　시인의 시선은 '어머니'를 향하고 있다. 오랜 기억 속의 어
머니는 "막다른 피난길"이나 "판잣집" 혹은 "뱃고동 소리"에
실려 있는 "고단한 세월"을 시인으로 하여금 환기하게끔 하
신다. 그렇게 오래도록 흘러온 "긴 하루"들이 이제는 애틋하
고 아름다운 시인의 존재론적 기원으로 남아 있는 것이다. '산

복도로山腹道路'는 산의 중턱을 깎아 만든 도로를 말하는데, 여기서는 어머니의 고단했던 삶을 은유하는 장치로 등장하고 있다. 그 기억 안에 어머니의 삶의 세목이 낱낱이 드러나 있지는 않지만, 도심에서 자라나는 집들과 "앙상한 노동자들"의 삶이 담겨 있을 가파른 비탈길 안에는 "꽃나비 날아올 봄"을 기다리던 어머니의 마음이 너무도 선명하게 각인되어 있다. 이제 오랜 시간이 지나 그것들은 항구의 나뭇가지마다 "이야기꽃"으로 피어나 시인의 마음을 적시면서 깊은 그리움으로 퍼져간다. 이처럼 이양순 시학의 저류底流에는 가장 깊은 의미의 기억들이 농울치면서, 되새길수록 "노을빛에 실려 온 까닭 모를 그리움은 / 허전한 가슴 한쪽 실금을 그어가고"(「하단 장터」) 있고 "동화 속 어머니 나라는 해가 지지 않는"(「어머니 나라」) 그런 세계를 구현하고 있는 것이다.

자욱한 시름으로 촛불을 켜는 저녁
결 따라 먹인 먹줄 말씀으로 되살아나
한 꺼풀 옹이 박힌 업죄를 벗겨가는 목수여

길은 어디 있는가 죄 없는 이 바라보며
성전聖殿의 둥근 기둥을 내리치는 손바닥엔

먼 훗날 가슴을 적실 뜨거운 피가 흐른다

톱밥 대팻밥에 묻어 있는 생명의 빛
고결한 숨소리가 당신 곁에 머물러
종소리 가득한 사랑이 온 누리에 퍼지고

품삯이야 김이 나는 식탁이면 넉넉하고
기도 소리 새는 창가 성가처럼 별이 내려
거룩한 날이 열고 저무는 환한 집을 짓는다
　　　　　　　　　　　　　　─「목수 요셉의 꿈」 전문

　시인의 등단작이기도 한 이 아름다운 작품은, 신약성서의
한 서사를 시 안쪽으로 불러와 우리 삶의 고단함과 거기서
비롯하는 페이소스를 심미적으로 선명하게 부조浮彫하고 있
다. 이 작품의 주된 정조情調 역시, "자욱한 시름으로 촛불을
켜는 저녁"에서 보듯, 충분히 가라앉아 있는 엷은 비애로 감
싸여 있다. 시편의 주요 캐릭터인 '목수'는 예수의 아버지이
자 마리아의 남편인 '요셉'인데, 그는 "결 따라 먹인 먹줄"을
말씀으로 받아들이면서 "한 꺼풀 옹이 박힌 업죄"를 벗겨간
다. 원래 '목수'란 나무를 밀며 집을 짓는 직능을 가지는데,

여기서도 "성전聖殿의 둥근 기둥을 내리치는 손바닥"을 가지고 "거룩한 날이 열고 저무는 환한 집을 짓는" 소임을 맡고 있다. 그러한 가파른 노동을 통해 '길'을 찾고 '죄'를 사유하며 "먼 훗날 가슴을 적실 뜨거운 피"를 상상하는 '목수 요셉'의 시선은, "톱밥 대팻밥에 묻어 있는 생명의 빛"을 지나 어느새 "고결한 숨소리"나 "종소리 가득한 사랑"으로 번져가고 끝내는 "기도"와 "성가"의 아름다움 속에서 별이 내리는 순간을 바라보게 된다. 이처럼 이양순 시인은 삶의 비애를 환하고 성스러운 풍경으로 바꾸어가면서, 결국에는 신성한 존재가 "간절한 그날을 위해 돌려주실지 모를"(「마일리지」) 은총을 고백하고 있는 것이다.

결국 이양순의 시 세계는, 뭇 존재자들의 슬픔이나 비애를 넉넉한 서정으로 기억하고 치유하면서, 그것으로 아름다운 이야기꽃을 피우고 그것으로 환한 이야기 집을 짓는 과정에 비유할 수 있을 것이다. 어둡고 깊을수록 어김없이 피어나는 삶의 온기를 "숨어서 바라보는 숨어서 돌아보는"(「구석은」) 그녀의 애잔하고 따뜻하고 깊은 사유와 감각이 거기 충일하게 깃들여 있는 것이다.

3

　다음으로 우리가 가닿게 되는 이양순 시학의 또 다른 거점
은, 명료하고도 섬세한 감각으로 쌓아 올리는 심미적 풍경이
다. 원래 서정시가 근원적으로 원초적 통일성을 회복하고자
하는 것은, 자아와 세계가 분리되어 있는 경험으로부터 그것
들의 통합을 꾀하고자 하는 성격이 그 안에 있기 때문이다.
이때 우리를 둘러싼 세계와 그것을 인식하고 수용하는 자아
를 잇는 새로운 '감각'의 필요성이 대두하는데, 이때 '감각'이
란 자아와 세계가 근원적인 연관성을 가지고 있다고 이해하
는 방법적 과정을 말한다. 말하자면 그것은 우리에게 상실된
근원적 감각을 회복하는 통로를 자아의 신념이나 경험에서
찾는 것이 아니라, 사물을 관찰하고 묘사하는 시인의 시선과
방법에서 찾는 것을 뜻한다. 그리고 그러한 감각은 기억의
재현 작용을 통해서만 시적 현재를 구성하게 되고, 이양순 시
인은 이러한 시적 현재를 구현하는 데 자신의 정성과 적공을
적극 할애하고 있는 것이다.

　　일터의 문을 닫고 묶어둔 하루를 푼다
　　건너온 강물이 그림으로 앉은 시간

화폭에 일렁이는 바람 깃털처럼 날아간다

휘어진 길 돌아서면 나를 불러 세우는
나지막한 산세 발치 선승禪僧으로 앉은 손님
한 그루 솟은 적송에 단정학이 깃을 친다

어디쯤 걸어왔나 길을 향해 길을 묻고
어디쯤 가야 하나 별빛 총총 돋는 생각
생각을 태우고 나면 사리 한 알 남는 저녁
─「어떤 저녁」 전문

이양순 시학에서 빈번하게 등장하는 시간적 배경은 아침이
나 낮보다는 저녁이나 밤이다. 그래서 우리는 '어떤 저녁'이
야말로 이양순 시인이 가장 깊은 사유를 하고 시를 쓰는 최
적화한 시간이라고 말할 수 있다. 해 질 녘 시인은 비로소 묶
어둔 하루를 풀면서, "건너온 강물이 그림으로 앉은 시간"을
통해 스스로의 화폭을 가다듬는다. 한 그루 적송과 거기 깃
을 치는 단정학 그리고 지는 노을이 모두 붉은 기운으로 번
져가면서 시인으로 하여금 "어디쯤 걸어왔나 길을 향해 길을
묻"게끔 하고 있는 것이다. 그 과정에서 시인은 비로소 "별빛

총총 돋는 생각"을 태우고 "사리 한 알 남는 저녁"을 본질적
고갱이로 남긴다. 이러한 실존적 질문과 응답 과정은 "묵언
은 무리 지어 쪽빛으로 밀려오"(「산사山寺―봄 뜰에서」)는 그 순
간, 그리고 "어둠과 // 묵좌하면 // 고요가 // 고여오"(「시를
기다리던 밤 2」)는 그 조요하고 깊은 순간에 가능한 것일 터이
다. 저녁 무렵, 온몸으로 다가오는 사물들을 통해 자신의 고
요한 사유와 감각을 갈무리한 시편이라 하겠다.

　　물길 따라 다문다문 마을 길은 열려 있고
　　길을 들면 주고받던 이웃들 정담이
　　흰 달빛 여울에 실려 찰랑거리는 강촌 마을

　　가던 길 돌아보면 포연에 묻힌 역사
　　울음이 강을 이뤄 물밀어 온 하구에는
　　세월이 주름을 태우며 한恨의 비늘을 세운다

　　어디로 가는가를 그대는 묻지 마라
　　시작과 끝이 모두 한 점으로 모여 앉아
　　떠난 자 떠나올 자를 위해 침잠하는 강이여
　　―「하구 둑에서」 전문

'하구 둑'이란 바닷물이 침입하는 것을 막기 위하여 하구 부근에 쌓은 둑을 말한다. 거기서 시인은 "물길 따라 다문다문" 열려 있는 마을 길을 지나 "이웃들 정담"이 흘러넘치는 강촌 마을을 바라보고 있다. 그곳에는 "포연에 묻힌 역사"가 울음으로 강을 이루고 있고 "세월이 주름을 태우며 한恨의 비늘을 세"우고 있다. 그렇게 "검푸른 역사의 풍차를 끊임없이 돌린"(「현해탄에 걸린 다리」) 곳에서 "시작과 끝이 모두 한 점으로 모여 앉아" 이제는 이곳을 떠난 자들과 이곳으로 떠나올 자를 위해 기다리는 '강'의 모습은, "담아둔 // 사연은 달라도 // 탑을 짓는 마음 하나"(「돌탑」)는 같았던 우리 삶의 공동체적 풍경을 잘 전해준다. 그것은 "탐라의 숨비소리 밀려오는 아침 바다"(「이어도의 아침」)를 한없이 바라보고, "세월을 건너온 숨결"(「염전에서」)을 하염없이 듣고 있는 시인의 모습처럼 선연하게 다가온다. 그렇게 이 시편도 하구 둑에서 바라본 자연 풍경을 통해 떠남과 머무름, 역사와 한, 흐름과 침잠의 과정을 은유하고 있다.

　　식솔食率이 많은가 보다
　　장독이 가득하다

돌을 쟁여 단 높이고
대쪽 엮어 담장 치니

산사의
범종 소리가
적막을 가른다

한가득 독에 들어
몸은 삭아 허물고

호올로 보낸 세월
모지라져 아파와도

산방의
맑은 향기는
봄볕 따라 흐른다
　　─「서운암」 전문

그런가 하면 이양순 시인은 자연에 미만彌滿해 있는 생명

의 아름다움을 일종의 신성한 것으로까지 끌어올리려는 의
지와 상상력을 보여주기도 한다. 이 시편에서 시인은 '서운
암'의 풍경과 산방 향기를 통해 자신이 경험한 감각적 실재들
을 보다 더 높은 형이상의 차원으로 끌어올리고 있다. 거기서
시인은 가득한 장독을 바라보며 "산사의 / 범종 소리가 / 적
막을 가"르는 순간을 잡아채는데, 바로 그 순간의 감각이 "호
올로 보낸 세월"이 거느린 모든 아픔과 시름을 내려놓는 순
간으로 시인을 인도한다. 비록 "통증은 내 몸의 일부"(「관계」)
였지만, "산방의 / 맑은 향기"로 그것을 넉넉하게 치유하고
조율하면서 자신에게 새로운 기운을 불어넣는 시인의 모습
이 선명하게 비친다. 시인으로서는 "이제 // 돌아가고 싶다"
(「들꽃 이야기 4」)고 노래했던 그 본원적 귀의처로서 이곳 '서
운암'을 상상하고 재현하고 있는 것이다.

　이처럼 이양순 시인은 기억의 재현 작용을 통한 감각적 실
재를 구체적으로 보여주면서, 그 안에서 삶의 유추적 이치들
을 가멸차게 궁구해간다. 가장 선명한 심미적 감각이 가장
본질적인 사유로 이어지면서 형이상학적 질서로까지 끌어올
려지는 흔치 않은 시적 과정이 거기 펼쳐지고 있는 것이다.

4

누차 강조하였듯이, 그녀는 문명사회의 한 극점에서 자연 사물의 세계가 함의하고 있는 숨겨진 가치들을 노래하는 시인이다. 이를테면 그녀는 생명, 신성, 시원始原의 가치를 적극 옹호하면서 자신의 심미적 경험을 담은 표상물로서의 자연을 아름답게 그려간다. 말하자면 그녀 시편들은 자연 사물을 통해 삶을 치유하려는 상상력에서 발원하고 있으며, 그녀가 쓰는 '시詩' 역시 자연 사물들과 적극 친화한 결실인 것이다. 그것들은 자연 사물에 편재해 있는 "시어詩語들"을 하나하나 발견해가면서 "대나무 향내 가득한 // 그런 시詩"(「죽향竹香에 관한 생각」)를 써가고자 하는 시인의 소망을 한결같이 증언한다. 어쨌든 시인은 "감꽃만 // 줍던 아이 생각 // 가마솥은 // 어디 있나"(「그대 생각」)라면서 청도의 이영도李永道 시인을 회상하고 흠모했던 바로 그 고백처럼, 오롯하고 반듯한 품을 통해 자신만의 서정시를 써간다. 그것이 그녀가 사유하고 실천하는 '시'의 몫인 것이다.

　세상이 눈雪 속에 갇혀 막막하던 그날 밤

그윽한 눈빛으로 나를 찾아오시던 이

졸이다 기다림에 지쳐 멍이 살짝 드는 맘

군불도 방석도 없이 홀연히 앉아 계신

닿으면 피어날 듯 스치면 꽃이 될 듯

내 가슴 이팝 꽃송이 소복하게 피운다
—「내게로 시문詩文이」 전문

　시인은 언젠가 "생각이 // 많아지는 밤 // 시詩가 나올 그
런 밤"(「봄 4」)이라고 노래한 바 있다. 이처럼 '시'와 '생각'은
동일한 발원지를 가지는 것이고, 어쩌면 '시'는 그 '생각'이
구체적인 언어의 육체를 입고 나온 것이기도 할 것이다. 역시
그녀의 '시'는 "세상이 눈雪 속에 갇혀 막막하던 그날 밤"에
찾아온다. 그때 '시'는 "그윽한 눈빛으로 나를 찾아오"고 "기
다림에 지쳐 멍이 살짝 드는 맘"에 비로소 밝은 빛을 뿌린다.
그리고 "내 가슴"에 찾아와 "홀연히 앉아" 있는 시는 "닿으면

피어날 듯 스치면 꽃이 될 듯" 하면서 소복하게 꽃을 피우고 만다. 이양순 시편에서 '내 가슴(마음)'은 매우 중요한 시의 발원지이자 귀속처인데, 이 시편은 그 '마음'의 생성과 움직임의 과정을 매우 선연하게 들려주고 있다.

하늘이 내려오고 비가 차오르던 밤
돌다리가 되라시던 선생님 생각난다
물고기 다가와 쉬고 깊은 수심 꿈꾸게

물 따라 바람 따라 흐르고 싶었는데
그냥 그 자리에 징검돌로 가라앉아
하루가 또 하루가 가니 그 말씀에 눈물 난다

만나고 떠나보낸 마음속 꽃 한 송이
기다리다 뒷모습 바라볼 그날 오면
밟히는 돌의 울음으로 깊어가는 여울이여
　　　　　　　　　　　　　　　　　　　　ㅡ「징검돌」 전문

시집 표제작이기도 한 이 시편 역시 '시'를 메타적으로 생각하게 한다. '돌다리'라는 존재의 소중함과 가치를 일러주

신 선생님은, 물고기도 다가와 쉬어 가면서 깊은 수심水深을 꿈꾸게 하는 '돌다리'의 비유를 통해 '시인'으로서의 직능을 강조하신 것일 터이다. 물론 그것은 이양순 시인의 경험적 조건이기도 한 '교사'의 은유이기도 할 것이다. 이처럼 그녀는 '시인=교사'로서의 정체성을 누구보다도 강렬하게 가진 채 "그냥 그 자리에 징검돌로 가라앉아" 오랜 시간을 지켜왔던 것이다. 그러한 삶의 과정 속에서 만나고 떠나보내고 기다리고 뒷모습 바라보던 시간이 흐르고 나서, 시인은 궁극적으로 "돌의 울음으로 깊어가는 여울"을 발견한다. 여기서 '돌의 울음'이야말로 오랜 기억을 갈무리하면서 스스로 깊어가는 '시인'으로서의 자의식이 아닐까 한다. 참으로 깊고 아스라한 존재론적 고백과 다짐이 아닐 수 없다. 그러니 시인은 시를 통해 "햇살로 다글다글 젖은 마음 말리고"(「시우詩友」) 있고, "동아줄로 묶은 말도 // 소리 내어 울어도 좋을"(「나의 벽壁은」) 그런 언어를 수습하고 있는 것이다. 그리고 그러한 '시인'의 모습은, 학교로 가면 고스란히 '교사'로서의 존재 고백으로 몸을 바꾼다. 다음 시편을 읽어보자.

댓잎에 뜨는 햇살 눈썹에 받쳐 이고
매끈한 등솔기 책장을 넘기는 손끝

자습실 아이들 모습이 죽순처럼 앉았다

어제는 비가 내려 대지를 흔들더니
맑은 달빛 한 자락 스란치마 쓸어 간 교정
대 끝에 걸린 별빛이 요란스레 빛나는 밤

담장 없는 성지는 고요한 탑을 짓고
죽피의 순연한 눈빛 결 고운 꿈의 무늬
이 한밤 티마저 쓸어 가니 열린 길이 향기롭다
　　　　　　　　　　　　　―「교정校庭에서」 전문

　교정에서는 책장을 매끈하게 넘기며 공부하는 "자습실 아이들 모습"이 마치 댓잎이나 죽순처럼 보인다. 맑은 달빛이 한 자락 스란치마 쓸어 가고 대 끝에 걸린 별빛이 빛나는 밤에, 시인은 교정이 곧 담장 없는 성지가 되는 순간을 담아낸다. 그리고 "죽피의 순연한 눈빛 결 고운 꿈의 무늬"가 이곳에서 피어나고 그렇게 "열린 길"이 향기롭게 다가오는 순간을 아름답게 채록한다. 그때 다가오는 '죽향竹香'이란, 교사로서의 시인의 신원적 속성을 환하게 드러내면서, 사람과 자연 모두를 향한 그녀의 마음을 보여주는 깊은 뒤울림을 남긴다.

이처럼 이양순 시인에게 학교는 "파랑새 // 날아드는 숲 // 따뜻한 세상 꿈"(「대흥동 이야기―꽃 그림을 그리는 박석신 화가는」)을 꾸는 곳이고, "그리운 날엔 몰래 꺼내는 거울"(「빛과 거울」)이기도 하다. 그곳에서 그녀는 "한동안 // 오더니만 // 뚜― 욱 // 멈추고 // 이만치 // 다가와서 // 나를 잡아 // 보"(「시詩를 기다리던 밤 1」)라는 '시'를, 그리움의 힘으로, 기다리고 만나고 쓰고 있는 것이다.

5

근원적으로 말해서, 서정시의 본래적 기능은 새로운 감각의 갱신을 통해 사물의 의미와 본질을 재발견하는 데 있다. 우리는 인간이 그동안 공들여 축적해왔던 사랑이나 그리움 같은 것들이 폭력적으로 폐기된 시대에 살고 있지만, 서정시는 이러한 시대를 거스르는 역능力能을 적극 발휘한다. 이때 이양순 시편들은 적극적 자연 친화를 통해 생명과 신성의 재발견으로 나아간다. 그래서인지 그녀가 그려내는 사계四季의 모습 역시 그 외관과 속성에서 모두 심미성과 충실성을 두루 견지하고 있다. 그녀만의 인상적 컷의 형상화는 시인 자신의 예민하고도 섬세한 감각을 말해주면서, 앞으로 이양순 시학의 진경進境이 이러한 감각적 구체에서 가능하지 않을까 하는 예감을 던져준다.

물먹은
가지 끝에
그늘이 찾아들고

하이얀
실빛날
살바람에
묻어와도

촉촉한
앞산 그 눈빛
내 마음도
잠긴다
―「봄 2」 전문

이렇게 갈바람이 불어오는 날에는

내 가슴 서랍 안쪽 접어둔 이야기

한 자락 풀어헤치어 그림으로 펴고 싶다

이렇게 갈바람이 불어 가는 날에는

내 가슴 서랍 안쪽 삐죽이 내민 이야기

그 사연 꼬깃꼬깃 접어 천년을 묵히고 싶어라
　ー「가을 4」 전문

　시인은 봄날의 풍경을 "물먹은 / 가지 끝에" 미세하게 찾
아드는 '그늘'을 통해 바라본다. 앞산의 눈빛이 차랑차랑 "하
이얀 / 실빛날 / 살바람"에 묻어와 촉촉하게 "내 마음"을 잠
기게 하는 아늑하고도 화사한 봄 풍경이 그때 재현된다. 그
런가 하면 "갈바람"이 부는 가을날, 시인은 역시 "내 가슴"을
물들이던 오랜 "이야기 // 한 자락"을 그림으로 펴면서 그 사
연을 깊이 묵히고 싶어 한다. 여기서 이야기를 그림으로 펴
는 행위 자체는 '시적 이미지'의 다른 이름일 것이고, 천년 묵

히는 행위 자체는 오랜 기억 속에 남을 '시적 상상'의 다른 이름일 터이다. 이렇게 이양순 시편에서 자연 사물은, 스스로(自) 그러한(然) 외관과 속성처럼, "겨우내 // 키를 키워 다가"(「봄 1-매화나무」)왔다가 "키 큰 나무가 흔들어 이는 바람을"(「여름 2」) 맞기도 하고, "고여서 // 넘치는 울음소리 // 꼭 안고 // 가는"(「가을 3-일기예보」) 것들이 다시 "찬란했던 기억들을 // 한 계절 내려두고 // 침묵에 귀 기울이는"(「겨울 1-나목裸木」) 시간 속에 머물기도 하는 모습으로 나타난다. 이러한 계절의 변화와 순환이야말로 이양순 시학이 시집 말미에 배치한 가장 자연스럽고 소중한 삶의 이법을 비유적으로 말해주고 있는 것이다.

지금까지 우리가 읽어온 것처럼 이양순의 시조 미학은, 조요한 풍경과 마음을 담은 그리움의 서정을 한껏 아름다운 형상으로 보여주었다. 그것을 그녀는 '시조'라는 언어적 육체가 거두어들일 수 있는 가장 안정적이고 높은 형식적 단아함으로 담아낸 것이다. 그렇다면 시조만이 가질 수 있는 고유하고 배타적인 형상과 형식이란 무엇일까? 그것은 정형의 울타리 속에 담겨 있는 인간의 원초적이고 미분화된 정서와 통합적인 삶의 이치에 그 근거를 두고 있을 것이다. 그 점에서 현대시조는 사물들 사이에 날카롭게 존재하는 차이와 균열의 양상을 적극 포괄하는 자유시형과 현저하게 구별된다. 말하자면 시조는 동일성에 바탕을 둔 '충만한 현재형'을 구상화하는 데 그 존재 의의와 양식적 정체성이 있는 것이다. 이양순 시학에는 그녀만의 "덩굴째 뻗는 그리움"(「능소화」)이 붉은 얼굴을 내밀면서 이러한 양식적 정체성을 완성해간다. 이제 우리는 첫 시집을 상재한 그녀가, 이러한 세계를 견고하게 다져가면서, 그리고 거듭 자기 갱신과 자기 심화를 이루어가면서, 많은 이들에게 위안과 치유 그리고 발견과 공감의 언어를 들려주기를, 그래서 더욱 성숙하고 안목 깊은 시인으로 발전해가기를 마음 모아 소망해보는 것이다.